AF348815

Kamo, l'Agence Babel

FichesdeLecture.com

Kamo, L'agence Babel
(Fiche de Lecture)

I. INTRODUCTION

L'auteur

Né en 1944 à Casablanca au Maroc, cet écrivain français a notamment reçu le prix Renaudot en 2007 pour *Un Chagrin d'Ecole*.

Très mauvais élève lorsqu'il était plus jeune, Pennac devint tout de même professeur de Lettres à Nice. Il commença très vite à écrire pour la jeunesse, sûrement par nostalgie de sa propre enfance.

Romancier, essayiste, il a également écrit une pièce de théâtre, *Le 6e Continent* en 2012.

L'œuvre

Kamo L'Agence Babel, paru en 1992, est un roman pour la jeunesse dont le personnage principal est Kamo, un adolescent parisien de 14 ans. Kamo fait le pari avec sa mère d'apprendre l'anglais en trois mois. Il débute alors une correspondance avec la mystérieuse Catherine Earnshaw par l'intermédiaire de l'agence Babel. Le narrateur, meilleur ami de Kamo, décide de mener l'enquête sur cette correspondante anglaise qu'il trouve de plus en plus étrange.

II. RÉSUMÉ DU ROMAN

Kamo vit seul avec sa mère à Paris. Ils sont très proches depuis la mort de son père. C'est un garçon intelligent, bon élève, surtout en histoire, sa matière favorite. Mais il a un point faible qui exaspère sa mère, il a des résultats catastrophiques en cours d'anglais. Alors que sa professeure est très à l'écoute de ses élèves, et que sa mère voit une vraie nécessité dans l'apprentissage de l'anglais, Kamo ne trouve aucun intérêt à connaître une langue étrangère. Sa seconde langue à lui c'est l'argot parisien que son père s'amusait à lui apprendre. Il est même très fier de ne pratiquer aucune langue étrangère et pense même pouvoir en faire un atout.

La mère de Kamo lui lance alors un défi, celui d'apprendre l'anglais en trois mois. Elle s'engage en échange à trouver un nouvel emploi et à le conserver plus de trois mois. Alors que son fils lui rétorque que c'est impossible d'apprendre une langue en si peu de temps, elle lui donne une liste de correspondants anglais provenant d'une certaine agence Babel dans le XIIIe arrondissement. Elle lui assure que s'il écrit régulièrement à un correspondant, la tâche sera plus aisée.

Kamo décide de se prendre au jeu, et choisit au hasard le nom de Catherine Earnshaw, à qui il écrit une lettre assez virulente, allant jusqu'à la traiter de « *rosbeef* ». Mais il ne s'attendait pas à tomber sur une correspondante avec autant de répondant que lui qui le traitera en retour de « *frog* ». La jeune Cathy lui explique également qu'elle a reçu sa lettre le jour anniversaire de la disparition de son père, ce qui va adoucir Kamo, qui lui enverra immédiatement une lettre d'excuses. Dès lors, une vraie complicité s'installe entre les deux adolescents qui se confient l'un à l'autre, chacun dans leur langue. Kamo devient sans même s'en rendre compte l'élève le plus brillant de son cours d'anglais.

Le meilleur ami de Kamo devient de plus en plus intrigué par cette relation, et voudrait en savoir plus sur Cathy. Plusieurs éléments le portent à croire en une incroyable hypothèse, Catherine Earnshaw aurait vécu au XVIIIe siècle. Le papier de ses lettres est ancien, les enveloppes scellées à la cire et au tampon estampillé Georges III d'Angleterre. Elle écrit à la plume d'oie, et ses références sont extrêmement datées. L'ami de Kamo en est sûr, cette correspondance est surnaturelle.

Après s'être confié à M. Pouy, leur professeur de dessin toujours de bons conseils, qui lui confirme que selon lui les lettres de Cathy datent de plusieurs dizaines d'années, l'ami de Kamo est terrorisé par ce qu'il vient de découvrir. Son meilleur ami entretiendrait une relation épistolaire avec une personne ayant vécu 200 ans plus tôt ! Il veut en avoir le cœur net, il doit comprendre ce qu'il se passe dans cette agence Babel. Il décide alors de faire le guet devant la boîte aux lettres de l'agence. C'est alors qu'une vieille dame vient récupérer toutes les lettres pour les apporter dans un tout petit appartement quelques étages plus haut. L'adolescent n'y tient plus, ayant vu où la vieille dame cachait la clé, il entre et découvre un bureau où se trouve des centaines de livres et de dictionnaires, ainsi que la plus grande collection de papiers à lettres qu'il ait jamais vue. Kamo voulant à tout prix rencontrer Cathy, son ami l'y emmène, et c'est alors qu'ils tombent nez à nez avec la mère de Kamo. Les deux jeunes garçons apprennent alors que c'est la mère de Kamo qui répond à toutes les lettres reçues par l'agence, dans toutes les langues. La vieille dame étant la gardienne de l'immeuble qui s'occupait de lui apporter les lettres et de lui acheter des cigarettes.

Kamo et sa mère ont finalement tous les deux relevé leurs défis, apprendre l'anglais en trois mois et trouver un emploi stable et passionnant.

III. PRÉSENTATION DES PERSONNAGES

Kamo

Personnage principal, jeune garçon de quinze ans vivant à Paris, passionné d'histoire, qui ne souhaite pas apprendre l'anglais.

La mère de Kamo

Elle vit seule avec son fils et va tout faire pour que ce dernier s'intéresse à l'anglais. Secrètement à l'origine de l'agence Babel, elle va pousser son fils à avoir une correspondante anglaise.

Le père de Kamo

Nous ne le connaissons qu'au travers des souvenirs de Kamo car il est décédé quelques années auparavant. Proche de son fils, il lui aura légué l'amour de la langue française et de l'argot parisien.

Le meilleur ami de Kamo

Narrateur du roman, il nous fait partager ses craintes vis-à-vis de la nouvelle amitié de Kamo avec sa mystérieuse correspondante anglaise.

Lanthier

Camarade de classe de Kamo, qu'il taquine à propos de ses régulières sautes d'humeur.

Catherine Earnshaw

Correspondante anglaise de Kamo, elle a également perdu son père et ne s'entend pas du tout avec son frère ainé Hindley. Elle écrirait ses lettres depuis un siècle passé.

Mademoiselle Nahoum

Professeur d'anglais de Kamo, que tous les élèves semblent apprécier car elle est compréhensive et les défend en toute circonstance.

Monsieur Pouy

Professeur de dessin, toujours prêt à répondre aux questions de ses élèves qui l'aiment beaucoup, autant pour sa gentillesse que sa personnalité originale.

IV. AXES DE LECTURE

Un adolescent comme les autres

Kamo est un jeune garçon auquel tous les lecteurs peuvent s'attacher et dans lequel ils peuvent également se retrouver. Pour les jeunes, cœur de cible du roman, il est le grand frère que l'on aimerait avoir où celui que l'on souhaiterait devenir. Pour les adolescents, il ressemble au meilleur ami que l'on retrouve tous les jours au collège. Et pour les plus âgés, il nous rappelle celui que nous étions et que l'on regrette parfois. Il est intelligent mais innocent, drôle et malin, réaliste mais débordant d'imagination.

Dès les premières pages du livre, ce personnage attachant nous plonge dans son quotidien rythmé par les aventures de son âge.

Kamo a perdu son père très jeune mais semble pourtant avoir traversé cet événement tragique avec beaucoup de maturité et de courage. Il nous fait part de ses souvenirs avec nostalgie, sans regrets. Enfant unique, il vit donc maintenant seul avec sa mère, ce qui leur a permis de développer une relation privilégiée. Comme tous les adolescents, il n'est pas toujours d'accord avec elle, mais il la respecte et l'estime énormément.

Il a également son meilleur ami, son confident, sur lequel il peut toujours compter, et qui s'inquiète d'ailleurs pour lui à propos de sa nouvelle amitié avec sa correspondante anglaise. Il sera d'abord troublé par l'attachement soudain de Kamo pour Cathy, à qui il ne souhaitait pas du tout écrire quand sa mère lui demanda de se trouver un correspondant pour apprendre l'anglais.

En effet, si Kamo est un garçon curieux, avide de découvertes, et qui aime apprendre de nouvelles choses, la langue anglaise ne semblait vraiment pas être sa priorité, loin de là. Mais Kamo est aussi joueur, et quand sa mère le met au défi d'apprendre l'anglais en trois mois, il se laisse convaincre, et c'est finalement grâce à sa correspondance avec Cathy qu'il gagnera ce pari.

Il pourra également compter sur le soutien de son ami et de ses professeurs.

La relation mère/fils

Depuis la mort de son père, Kamo vit seul avec sa mère. Une grande complicité est née de cette vie à deux, ce que l'on ressent immédiatement dans leurs rapports. Ils se parlent presque comme des amis et apprécient tous les deux cette relation privilégiée. Kamo a également pris son rôle d'homme de la maison très au sérieux et soutient sa mère lorsqu'elle décroche ce nouveau poste qui lui prend beaucoup de temps. Il n'hésite pas à l'aider, notamment en préparant le dîner lorsque celle-ci rentre tard et fatiguée.

On ressent d'ailleurs très nettement qu'au-delà du pari qu'ils se sont lancé, ils ont chacun à cœur de ne pas décevoir l'autre, et de prouver leur valeur.

Kamo sera finalement à l'origine de la nouvelle activité qui passionne enfin sa mère, et elle aura réussi à réveiller l'intérêt de son fils pour l'anglais. Ils arrivent à se surprendre l'un l'autre et surtout à se surprendre eux-mêmes à travers ce pari.

Le lecteur ne peut qu'être touché et même admiratif face aux liens qui les unissent, et à cette éducation si juste que cette femme arrive à inculquer à son fils. Une réflexion très attendrissante de Kamo illustre parfaitement la leçon qu'il aura tirée de cette aventure. Il se remémore en effet l'une des dernières phrases de son père, le prévenant avec humour de se méfier de sa mère car elle a toujours raison. Et lorsqu'il découvre que non seulement sa mère a réussi à lui faire apprendre l'anglais, mais qu'il a en plus trouvé cela utile et plaisant, il ne peut que se rendre à l'évidence : « elle se goure jamais » !

Entre fantastique et réalisme

Si de prime abord tout nous porte à croire que nous avons affaire à un roman réaliste, nous ne pouvons que douter au fur et à mesure des pages de l'exactitude de certains faits. En effet, la correspondance de Kamo et Catherine Earnshaw a plutôt l'air de sombrer dans le paranormal, sans que cela inquiète pour autant le jeune garçon. C'est son ami qui lui fait remarquer à plusieurs reprises que les lettres de cette mystérieuse Anglaise semblent être envoyées du passé. La qualité du papier, les tampons à la cire, ses expressions et références historiques, tout porte à croire que Cathy vit au XVIIIe siècle ! Cette découverte va littéralement terrifier l'ami de Kamo qui ne parvient plus à trouver le sommeil, demandant conseil autour de lui, et voulant à tout prix sauver Kamo qui se perd avec passion dans cette correspondance. S'inquiétant davantage pour son amie qui semble avoir de terribles rapports avec son tyrannique frère ainé, Kamo ne semble effectivement pas choqué par les incohérences temporelles qui les séparent. Le lecteur lui-même est très vite pris au dépourvu, tout comme l'ami de Kamo, face à cette découverte, et reste un moment perplexe devant ce retournement de situation.

Kamo, jeune parisien vivant à la fin du XXe siècle entretiendrait une relation épistolaire avec une Anglaise du XVIIIe siècle, tout cela est insensé. Alors que l'on ouvre un livre dont l'histoire est censée être contemporaine et réaliste, nous voici plongés en pleine science-fiction !

Mais l'on découvre finalement que toutes ces lettres n'avaient rien de fantastique, la mère de Kamo se cachant en réalité derrière Catherine Earnshaw, elle ne faisait que s'inspirer du roman *Les Hauts de Hurlevent* d'Emily Brontë pour attiser l'intérêt de son fils.

Dans la même collection en numérique

Escadrille 80
Inconnu à cette adresse
La controverse de Valladolid
Les Vilains petits canards
Une partie de campagne
Cahier d'un retour au pays natal
Dora Bruder
L'Enfant et la rivière
Moderato Cantabile
Alice au pays des merveilles
Le faucon déniché
Une vie
Chronique des Indiens Guayaki
Je voudrais que quelqu'un m'attende quelque part
La nuit de Valognes
Œdipe
Disparition Programmée
Education européenne
L'auberge rouge
L'Illiade
Le voyage de Monsieur Perrichon
Lucrèce Borgia
Paul et Virginie
Ursule Mirouët
Discours sur les fondements de l'inégalité
L'adversaire
La petite Fadette
La prochaine fois
Le blé en herbe
Le Mystère de la Chambre Jaune
Les Hauts des Hurlevent
Les perses
Mondo et autres histoires
Vingt mille lieues sous les mers
99 francs
Arria Marcella
Chante Luna

Emile, ou de l'éducation
Histoires extraordinaires
L'homme invisible
La bibliothécaire
La cicatrice
La croix des pauvres
La fille du capitaine
Le Crime de l'Orient-Express
Le Faucon malté
Le hussard sur le toit
Le Livre dont vous êtes la victime
Les cinq écus de Bretagne
No pasarán, le jeu
Quand j'avais cinq ans je m'ai tué
Si tu veux être mon amie
Tristan et Iseult
Une bouteille dans la mer de Gaza
Cent ans de solitude
Contes à l'envers
Contes et nouvelles en vers
Dalva
Jean de Florette
L'homme qui voulait être heureux
L'île mystérieuse
La Dame aux camélias
La petite sirène
La planète des singes
La Religieuse

À propos de la collection

La série FichesdeLecture.com offre des contenus éducatifs aux étudiants et aux professeurs tels que : des résumés, des analyses littéraires, des questionnaires et des commentaires sur la littérature moderne et classique. Nos documents sont prévus comme des compléments à la lecture des oeuvres originales et aide les étudiants à comprendre la littérature.

Fondé en 2001, notre site FichesdeLectures.com s'est développé très rapidement et propose désormais plus de 2500 documents directement téléchargeables en ligne, devenant ainsi le premier site d'analyses littéraires en ligne de langue française.

FichesdeLecture est partenaire du Ministère de l'Education du Luxembourg depuis 2009.

Plus d'informations sur www.fichesdelecture.com

© FichesDeLecture.com
Tous droits réservés
www.fichesdelecture.com

ISBN: 978-2-511-02957-2

Notes :

www.ingramcontent.com/pod-product-compliance
Lightning Source LLC
LaVergne TN
LVHW050850200726
843508LV00013B/3018